U0511319

游魂归来时

〔法〕程抱一 著

裴程 译

QUAND REVIENNENT
LES ÂMES ERRANTES

Drame à trois voix avec chœur

François Cheng

商务印书馆
The Commercial Press
创于1897

François Cheng

de l'Académie française

QUAND REVIENNENT LES ÂMES ERRANTES

Drame à trois voix avec chœur

Copyright © Éditions Albin Michel-Paris 2012

修订版：

Copyright © Éditions Albin Michel-Paris 2020

本书根据法国阿尔班·米歇尔出版社 2020 年版译出

目　录

这里讲述的，

在公元前3世纪下半叶的史实，

确曾发生。

至于发生在灵魂之间的事情，

那就另当别论了……

第一幕

合　唱

　　在此红尘之世，在此沧桑之世，无处不是变迁，无时不是转换。《易经》早已明示，先贤也曾告诫："五十年一小变，五百年一大变。"

　　古老的秩序最终崩溃，漫长的周朝也消亡了。辽阔的中华大地群王纷争割据，称为"战国"名副其实。荣誉的圭臬一旦殒坠，世人便无所不为。充斥于世的是暴力、混乱、专横、武断。牟利的欲望永远无法满足；豪强贪得无厌地吞噬贫弱。哪里有战火，哪里就有烧杀抢掠。

　　灾难深重的老百姓，灾难深重的穷苦人！他们被剥夺得入皮入骨，在苛捐杂税和劳役的重压下苟延残喘。一旦洪水或干旱天灾横降，黄土龟裂的村野里，四处可以看到逃荒的难民。他们前胸贴后背，衣衫褴褛，嘴唇干裂。多少人为了充饥，被迫卖儿弃女，可最终还是难免横尸道旁。

生命在苦难中依然延续。苍天间或给人间留下片刻喘息。心灵的珍宝也偶有留存：忠诚的友情、真挚的爱情。我们关注的三个人物就是见证。三个不同的人物，他们生来就是为了彼此相遇。三个人物因同一命运之考验而从此不再分离。让我们首先留意一下女主人公，她叫春娘。

她在立春那天来到人世，所以父母不假思索，顺其自然地叫她春妹。这个名字一直陪伴她到二十二岁。那一年，春妹被纳入王宫。在宫里，她被尊称为春妃。王国被灭后，她又变成平民，由于年龄，人们便叫她春娘。就这样一直称呼她到晚年。这一段简述或许会使人觉得，她一生单纯、安宁，甚至有些幸运。其实恰恰相反。人们难以想象她的一生多么坎坷动荡。她从六岁起就经历了残酷的不幸，后来又见证了多少惨不忍睹的悲剧，多少次她因悲痛撕心裂肺而陷入绝望。然而，怎能否认她也曾经有过无法言喻的欢愉，以及那些唯有崇高激情才能带来的幸福时光？

　　两个男人曾经进入她的生活，两个不同寻常的、传奇式的豪杰。他们的牺牲精神和壮举深深地震撼了大众的心灵。毫无疑问，他们将激起后人的景仰和想望，世世代代永无休止。例如，事发三十多年后，仍然有许多人来到这个偏僻的村庄，不厌其烦地请春娘讲述他们的事迹。人们听着春娘的叙述，不时伴以悲息和惊叹。她是否做到馨述一切？当然不能！要她说清楚自己同两位英雄的表面关系，这并不难。然而怎样才能让听众领会到那生自超常激情的炙热感受呢？作为一个女人，她不能表露丝毫，即便是暗示。更难的是，如何向人们揭露一个不可思议的秘密：她的两个男人又回来了。经过三十多年的游荡之后，他们的灵魂重新找到了她，回到了她身边。三十多年对于人世间来说似乎遥遥无期，但是在"过世"的那一边，却只是一瞬间。每当圆月的夜晚，他们的游魂就会前来陪伴她。起初，他们之间的交谈像决堤的河水，滔滔不绝、相互冲撞；渐渐地，变得较有条理，但总是那么炽热，那么激越。

　　这样的奇缘从何而来？难道是天意？如此灿烂的生

命过早地断送在刀剑之下，是否上苍也为他们的命运感到悲悯？抑或是她春娘以自己的挚诚呵护心灵的烛火，在冥夜的风中闪烁，帮助迷路的游人寻回了归途？深不可测的奥秘呵！谁能有朝一日为我们解开此间的人生之谜？为什么在无数强暴和痛苦的冲击下，竟存有那样多的热忱和甜蜜？人类所能做的一切，难道不正是述说经历和梦想？不是片言只语，而是真正地述说，将发生过的一切，从头到尾，一一道来。

又是一轮圆月当空。美丽的良夜呵，人不思寐。即使天外的神，也为之动心。他们请我们的剧中人纵情倾诉，把他们难忘的往事，犹如再次身临其境地尽述无遗。至于我们，则应邀以合唱作剧中人的见证，陪同他们，帮助他们忆起这个故事的历史背景。现在，就让他们开讲吧。让他们各自说明自己的来历，怎样结识了其他二人。

春 娘

我叫春娘。父母是贫苦农民，靠耕种几分薄地生活，年谷勉强养家糊口。尽管如此，我对幼年仍充满了美好的回忆。呈现在我面前的是一望无垠的绿洲，渗透着淤泥和青苔的气息。我们住的是昏暗的草房。清晨，我被刺耳的鸡鸣自沉睡中拽起来。夜晚，我在蟋蟀的催眠曲中进入梦乡。白天，有时候母亲不能背我下地干活，留我独自一人在家。弟弟两年后才出世，所以我就和一群动物为伍嬉耍。鸡呀、狗呀、龟呀、蟹呀，还有一些毛虫和蚯蚓之类的小生命。池塘边的表演也层出不穷：蜻蜓在荷花间翩翩起舞，荷叶上露滴滚珠，翠鸟扎入水里，一转眼又啄着一尾鱼冲出水面……真让我百看不厌。我还记得一天邻居送来一只可爱的小白兔，它竖着两只小耳朵，红红的眼睛，毛茸茸的身子泛着白光。我不住地抚摸它，幼小的心灵里唤起温暖的爱意。从此，我们之间产生了一种牢不可破的默契。

然而，我的第一次伤感，恰恰是为了这只小白兔。不，不能怪它，天真的小生命是无辜的。该怪的是那只把它叼走的狐狸！木制的窝前，只剩下长长一条血痕。我伤心地哭了。我很伤感，并且自责没能好好地保护它。那时我刚满四岁，但是已经意识到，这个表面上春去秋来的和谐世界，实际上被残暴侵蚀。无辜遭践踏，温情被蹂躏。野蛮的暴力统治着一切，给世界带来混乱和不公。

这件事发生后不到两年，灾难降临了。缺雨加炎热，大地开始龟裂，绿茵变成了黄土。持续的干旱带来了可怕的饥荒。庄稼枯萎，牲畜死亡。在饥渴的煎熬下，人们只能搜寻水洼、荒草，靠野果、昆虫充饥解渴。我那可怜的小弟弟饿得肋骨毕露、肚皮鼓胀。一个夜晚，他死在母亲的怀里。第二天，他瘦小的尸首裹在一块布里，就那样给埋了。人们别无选择，只好逃荒。大道上饿殍随处可见。我精疲力竭，迈不开步子。我的父母也很虚弱，只能轮流背我。为了让我有一线生机，他们不得不把我留给一家客栈，换取少许盘缠。就这样，我转眼间就被卖给了一个陌生人家。怎能忘记那一幕？眼睁睁地看着父母步步远去，我在老板娘粗壮的臂膀下挣扎，像受了伤的野兽一样嘶喊。他们擦着泪水遗下了我，没敢回头望我一眼。我最后一次伸出双手，想抓住什么，结果浑身颤抖，晕厥了。

当我醒来时，发现自己来到另一个世界。那是一个小客栈，住着来往的行人。马的嘶鸣、马粪的气味、套车声和沙哑的呵呼混作一团。一连好几天，我缄默不语。我落在了陌生人手里，他们不了解我，而且压根儿就不想了解我。他们只顾让我干活儿。我只有在夜晚一个人躺在木板上时，才敢向父母吐露心事。我向他们诉说我的痛苦和恐惧，朝思暮盼他们有一天会来把我赎回去。然而他们始终没有来。渐渐地，我自忖，他们或许和很多人一样，饿死在逃荒的路上。

至于花钱收养我的客栈老板和老板娘，我不得不以父母相称。但是我从不叫他们"爹"或"娘"，而是"父亲"或"母亲"。我渐渐地和他们处惯了，他们并不是很坏。夫妻俩都很壮实能干，活计也十分艰辛。天刚蒙蒙亮他们就起床，一直忙碌到黑夜，直到最后一批赶路的车马在喧闹中住下。由于没有孩子，他们忙不过来时就雇一两个帮工。

过了一段时间，我们也不得不离开灾区。几经周折，我们在燕国都城东门附近盘下了一家酒店。活计没完没了。我当时虽只八九岁，也终日被使唤：点火，担水，洗刷锅碗，清扫房间。不久又被叫到厅堂帮忙收拾桌凳和炊具。

在我十四岁那年，我那个所谓的父亲开始奸污我，而且不止一次。我感到耻辱和憎恶，寻求解脱和反抗，试图出逃……老板娘知情后制止了这种伤天害理的行为。其实，她才是真正的老板。让我感到意外的是，她对我反倒更加和蔼了。我很快明白，那是因为她要把我当作酒店的一张"王牌"。不满十六岁，我已经出落成一个大姑娘，生就了苗条的身材和可人的脸蛋。人们都夸我"好看"。事实明摆着，我心里也清楚：随着我越来越频繁地迎来送往，招揽的客人也越来越多。不仅有过往的行人，也有本地的常客。在这样的环境里长大，我不会意识不到难免的风险。客人形形色色，他们大声嘈杂，散发出种种气味。有的是恶棍、流氓，还有一些出言污秽的轻浮之徒；有些人甚至把我当成轻薄女子动手动脚。我必须和他们保持距离，既不动声色，又不失庄重。幸亏大多数顾客是守本分的：携带家眷过路的官吏，出游的殷实农家，走南闯北的商贩、雇工、手艺人、郎中、算命先生、秀才、艺人等等。其中一位出于同情，成了我的保护人。人们叫他韩胖子，是一个屠夫。他总是下午来，坐在一个角落里，既安详又霸气。他只要翻起眼睛用他低沉的嗓子哼一声，就能制止任何轻浮的举动，平息争执，消除斗殴。

怎能忘记那一天？高渐离来到我们客店。他蓬头垢面，衣衫不整，阴沉的脸似乎布满凶相，像一头从森林里冒出来的野猪，令人望而生畏。其实，那不过是假象。他穿过熙熙攘攘的大堂，在一个角落坐下。然后从一个木盒里取出筑，横膝开始弹奏，就像一个正在施圣礼的大师。瞬间，大堂里变得鸦雀无声。每一个人都在问："他是谁？从哪儿来的？"我也一样，心跳加剧，像着了魔一样。他弹奏的乐曲忽而铿锵悲壮，忽而宁静致远，把我们带进另一个天地，令人激动、惊叹。在此之前，我连想也没有想过竟有这般世界！他的表情比我们都更加专注和出神，俨然是崇高和升华的化身。他究竟是谁？他是否从另一个世界来向我们揭示信息？这个声音听起来又是多么亲切呵！他用乐曲讲述的，就是这片多灾多难的大地所蕴藏的珍宝。来自原生的大地，生养万物的大地。听着他全神贯注地弹奏，我仿佛重新回到孩提岁月，看到父母和弟弟的面庞，觅回我们当年对真美和真情的感受。他弹奏出我们每一个人——无论男女老少——默默承受却无以言表的一切。

高渐离

我叫高渐离。自幼同兄弟们一起帮父母下地干活。父母觉得我性子野，不适合种地，于是让我放牧。我把牛羊赶到远离村庄的野外放养，结果出乎他们的意料，牲口日益肥壮。于是乡亲们纷纷把自家的牛羊托付给我，我成了全村的牧倌。

放牧时，我除了适当看管牛羊外，便尽情投身于大自然的怀抱。它成为我的藏身洞和庇护所。采摘野果和狩猎的本能催动我搜寻茂密的丛林和幽翳的暗角。我的触觉在和各种皮毛、各类物体的接触中变得敏感。四季不断变换的气息和色泽令我陶醉。我贪婪地品尝各种野果，甚至冒着中毒的危险……渐渐地，我对这个多彩世界的认识也日益深入。每当斑鸠和杜鹃啼鸣报春，我都会感到地层深处有巨龙骚动；耳闻着它们的咆哮，我的血液和地脉里沸腾的泉水一齐搏动。这时，我感到自己和山水林木的精气化为一体，感受古老的根茎在痛苦的爆裂声中复苏，倾听紫罗兰和番红花充满活力的呼唤。我的身体成了一个真正的鼓，和大地的歌声共鸣。那歌声既澎湃又低沉。像暴风雨前雷声霹雳，像危石堆骤然崩塌，或似大雁振翅高飞。细微的淅沥萧飒也能使我惊觉：松芒在一缕清风中颤动，麋鹿踏青苔悄然遁迹。我敏锐的听觉能够辨别各类鸟语。有些鸟叫欢快、喜悦，有些夜鸣鸟，听来令人感到凄怆、揪心，充满了煞气。与百鸟为伍，使我对生灵中的弱者产生无限的同情。自此，我在狩猎时也尽量节制，不再像从前那般残忍。

一天夜晚，我赶着牲口回家，在村中央的古槐树下，看见一位老者。他披着少见的长发，看上去让人肃然起敬。一个童子围着他忙前忙后：他把一个大包裹放在地上，把一根长杆子倚树而靠，然后小心翼翼地打开一个蛀了虫眼的木盒。他从盒子里取出一个物件，像是乐器，横放在老者双膝之上。我这才发现老者是盲人。

第一幕

　　我从来没有见过这种配有十三根弦的乐器。乐人把琴紧贴在胸口。拍、挑、拢、捻，他弄弦的技法使人目眩。他弹奏的声调更是变换惊人：时而铿锵，时而轰鸣，时而嘈嘈切切，时而宛转低回。我事后才得知那件乐器叫"筑"。当天聚在那里的村民亲身体验了一场惊魂摄魄的奏鸣，让他们永志难忘。弦乐间或伴随吟诵或"哎嗬"咏叹，节奏令人心旷神怡。乐曲忽而激越，忽而舒缓，划破天地，让人们在心身的陶醉中进入一个意想不到的境界。一曲终了，四周鸦雀无声，人们似被凝固了片刻，才发出一片热烈的喝彩，连声叫"好！好！"至于我，从此就被这件看似简单却具有无限魔力的乐器所折服。我当时就觉得，筑可以让我说出内心的一切感受。

　　那童子收拾好摊子，正准备把那盒子挎在老丈的肩上，我走上前说："师父，让我替您背这个盒子吧。我跟您走。"

　　可以想象村民的惊讶，他们为失去全村人的牧倌而痛惜。没有任何理由能够挽留我，甚至包括父亲的责令和母亲的涕泣。命运一旦发出训谕，人类只有服从。我走了。

　　我跟随师父十二年，一直到他去世。生活虽然漂泊艰辛，却充满了与伙伴和听众一起陶醉的难忘时刻。我跟师父学到的，不仅仅是一门技艺，更是对生活的一种理解。那是对一切丑恶、卑鄙的超越，是灵魂的觉醒。在他的琴声中，音乐绝不仅仅是消遣和娱乐，它通过揭示大自然的美使人们得到升华；它同时也承载人们的痛苦、恐惧、怀念，把这些感受转化为无限的向往。

　　我成为一名走村串乡的乐人，以弹奏筑为生。在这条漫长的路上，有兴奋，也有孤寂。一天，我来到燕国的都城，这个必经之地。因为口干舌燥，我随意走进一家酒馆。忽然，我像遭了雷击，僵立在那里。我这个四海为家的流浪汉突然觉得仿佛走进了自己的港湾。那是一天午后，店里没有一个客人。静静的角落里，一位少女惊讶地注视着我。她冲我微微一笑。那笑容里透着动人的和蔼和妩媚，能令人感动涕零。我像着了迷似的仔细端详着她，那张靓丽得无可挑剔的鹅蛋脸好像出自艺术家的天才绝笔。她的一切都是唯一。在沉沦得如此低下的世界中，居然还有这般的美。而我竟然有幸在此生和她相遇。

第一幕

不要白日做梦！我相貌粗鲁，腰圆背厚，蓬头垢面，右脸颊还留着一条被兽角刺破的伤疤。我没有讨女人喜欢的命，不惹她们生厌就算不错了。然而，我却从心底里崇拜女性的美，那就是身体与灵魂和谐一体。在我看来，这种美不能来自地上的媾和，而来自上天的恩赐。这种恩赐若是真实的，它就是女人给男人开辟的一条可靠的升华之道。

其实，我的经历庸俗不堪，只同轻薄女子和妓女有过些低级关系。不能不承认，在放牧的年月里，我有时因不堪欲火煎熬，也曾借牲口发泄。总而言之，在来到这家客栈之前，我在这方面的经历不过是茫然碰撞，伴随我的是饥渴和厌恶。

春娘？那完完全全是另一回事。我有冲动和欲望，却缄默不言，在沉默中欣赏和崇拜。我在客栈里住下。我的演奏得到老板和老板娘的赏识。我和韩屠夫等几个常客交上了朋友。一直到荆轲来临。这个非凡人物的出现改变了我的命运；他把一切都变成命中注定。

荆　轲

　　我是荆轲，自幼丧母，由父亲带大。父亲是齐国人，曾经在卫国军府当差。我比寻常人高出一头，好恃力逞强。我性情好动，熟于剑术，恣意自快，成了一名云游天下的剑客，或者人们所说的职业刺客。不过与大多数受雇于豪门贵族的刺客不同，我嫉恶如仇，常为孤弱者打抱不平。说我是一个伸张正义的游侠吗？我不否认这个称号。

　　在这个暴力和专横当道、大小暴君滋生的世界，我难以安闲。我常结伙惩治那些掠取不义之财的豪强，甚至不排除动用谋杀的手段。缴获的财物，除了自己留一些维持生计的金银，其余尽数济贫。但是我不愿张扬自己。

第一幕

　　我变得越来越粗野和冷酷。不仅对别人冷酷，对自己也是一样。每一次出手之后，我和伙伴们就以骂娘和开粗俗的玩笑来放松。受伤了，我就抹上些墨鱼粉止血，饮烈酒止痛。有两次，我被抓捕并受刑，但都成功越狱脱逃。诸侯列国的割据有利于我们这样的人，出逃后可以更名改姓，躲避追捕。

　　岁月让我变得成熟，我开始对这种朝不保夕的游侠生涯感到厌倦。于是我躲进了深山老林。那里一定能遇到世外高人，教我武术，抑或教我人生。跟着这些世外高人，我学会了思考，学会了怎样投身更高尚的行为，学会了在超脱中认清世俗。然而，我始终摆脱不了心中的义愤，不同的是我对世事看得淡泊了，而且朦胧中有一种可以被笼统称作"悲悯"的感觉。

　　我又上路了，觉得需要有人做伴。我随心所欲地云游，与流浪汉、玩世不恭者、游手好闲者为伍。无论在路上还是停下来休息，我们无牵无挂，把酒当歌，谈天说地，一醉方休。和所有无家可归的人一样，我也曾经沉入孤独的深渊。多少次夕阳在云霞的簇拥下渐渐暗淡，鸟儿匆匆归巢，而我却孑然一身，游荡在荒郊野岭。我像一条迷了路的野狗，被冻得麻木的身体污秽不堪。我只能拼命地号叫，以驱除对野兽袭击的恐惧。如果在路的尽头，某个偏僻村庄的居民给我打开房门，甚或某个灯火通明的客栈向我敞开双臂，我立刻会忘掉一切，沉浸在酒碗的撞击声和人们的欢笑声中。撕咬着熏肉和腌菜时，我会觉得生活又变得那么有味。

我踏上了燕国的领土。这是我第一次来到这个东北部临海的艰苦地区。那里的人民勤劳勇敢，风俗淳朴。君主年迈，苟且偷安。国家的处境日益脆弱，不过尚且太平。

我来到都城后，偶然走进这一家客栈。顿时，我觉得自己漫长的漂泊就此结束了。一个乐人正在弹奏筑。人们围桌而坐，静静地凝听，似乎生怕扰乱绕梁震颤的和谐旋律。我僵立在门口，像是被这奇特的音乐俘虏了。那乐声幽幽兮迷魂，飒飒兮夺魄，泱泱兮高歌。它发自地腹深处，又和天籁共鸣。一曲终了，乐人举杯一饮而尽，然后弄弦准备下一曲。他抬头，目光与我相交，我们对视一笑。他举手示意我坐下，又以手势请人给我满上一杯酒。听众们窃窃私语，道出他的姓名：高渐离。这个响亮的名字像一记锣声轰鸣在我的脑海，我感到了浑身震撼。

春娘的出现给我的震动一点也不亚于高渐离。她用托盘给我端来一只碗、一碟小菜、一壶酒。她的脸光彩耀眼，让我不敢正视，就连在她指间叮咚作响的瓷器和锡壶的色泽也忽然发出异彩。"在这片古老的土地上，怎么还能萌发出如此秀丽的花朵？"在嘈杂声中，我放肆地发出惊叹。

她的美不属于那种妖媚的艳丽。那样的女人我见得多了，而且有时不只是见一面而已，所以我太熟悉了。豪门贵妇以至社会上各种等级的红粉佳人，她们浓妆艳抹，矫揉造作的脸蛋离不开铜镜。春娘却恰恰相反。她的美含蓄而隐蔽，触及根本，单纯得无需任何修饰。在她面前，人们只能赞叹："多么美丽！"甚或："呵，这就是美！"她线条分明，神态高雅，进退举止无不透着天生的匀称得体。她本质淳朴，从不卖弄；她眼神里的几分忧郁却泄露出一丝痛苦的经历。她的整个存在都告诫男人们，抛开庸俗的算计和拙劣的把戏吧！无论谁，若要爱她，就得温顺地、彻底地爱。

无牵无挂。自从我在这家客栈住下之后，这还是我的道路吗？现在我的牵挂就是渐离，就是春娘。他们所在，亦即我之所在。

春　娘

　　一个女人生来要承受什么？她能企望什么？我在这世上度过了动荡不安的二十多个年头。我是否可以说自己经历了极苦和极乐？极苦在我身上留下了不可磨灭的痕迹，我一丝也不会忘掉。六岁时，望着父母在大道上渐渐远去，我的身体曾被骨肉分离撕裂。少年时，被那个支配我的男人强暴，我的身体曾被侮辱吞噬。成人后，我忍受着被蹂躏的重负四季忙碌，我的身体承受了男人们凌辱的目光和手脚。

　　多少次，我压抑呜咽，吞下泪水，觉得自己被老天遗弃了。不知怎的，两个男人先后走进了我的生活。乐人来自深山，他把大地之歌积压在灵魂深处，让人们听

23

到天籁的共鸣。剑客来自异乡，以仗义为业，酒后如龙出岫，把金灿灿的阳光洒向周围。简言之，他们一阴一阳，满足我的双重情感。

我虽然是一个没有读过书的女人，但是，我会观看，会感觉，会欣赏。我憎恶卑鄙，渴望高尚和持久的情谊。它就在面前！生机勃勃的友情，如雨露滋润草木；汹涌澎湃的爱情，像海潮淹没沙滩。我们的三人组合是多么独特，却又那么自然而然且坚不可摧。在我们之间，明明白白的友情和隐讳暧昧的爱情形成一种平衡，充满了光明和激越的憧憬，谁也不愿打破它。我能感受到这种默契的力量，它是多么恩泽无限！有了这种默契，我觉得大地又变得那么温暖，四季因激情涌动而循环。是生命向我敞开了慈母的胸怀，还是我向生命伸出了信赖的双臂？我自己也说不清。

有时，我们驾着小马车到远离都城的野外游玩。我们饶有兴致地追溯河流直至源泉。那里有一片大森林。我们把马拴在树上，久久漫步在林间斑驳的温暖阳光下。渐离又找到了他熟悉的素材。他教我们辨别大自然发出的声息、草木和野兽的各类颜色和气味。在灵感的激发下，他即兴为我们弹奏一曲，细语渐沥，幽情婉转。我们纵情陶醉在乐曲声中，心里充满了感激。就连树林仿佛也陷入了沉思，静静地凝听。唯有枝叶窸窣，似在一旁私语，引起乌鸦不耐烦地一阵聒噪，像是要制止它们的啰唆。一些小昆虫，目击这一幕，不禁唧唧地窃笑了。过了一会儿，荆轲起身，悠闲地挥剑起舞。渐离琴声激起的迷人旋律，在他的舞步和剑势中延伸。

有时，我的两个同伴会谈起各自的某些奇遇。我从未出过远门，对外界的了解，只有从店里客人们只言片语的谈吐中获得。所以，他们各自的经历令我心驰神往，震撼了我的感觉，点燃了我的想象。

如此共同分享的境界，难道真能久驻于这个世界吗？

高渐离

　　我们各自都有过艰难的生活经历。三个人一起，我们达到了和谐幸福的至高境界。那境界真的属于这个世界吗？和春娘一样，我不相信它会长久。我们的忧虑不幸被言中。一天早晨，她被夺走了。

　　人们甚至可以发问，这种事为什么没有早些发生。尽管春娘的美很隐蔽，但是不会长久不为人知。她不可能不引起豪强的贪欲。就这样，女人总是成为男人们无耻欲望的牺牲品。春娘被宫里派出来为老君王选妃子的官吏看上了。经过一番不容争辩的手续之后，他们把她从我们身边抢走了。在有些人眼里，这是至上的荣耀；另一些人认为这是命中注定。对于我们而言，这是令人愤慨、无法接受的专横！荆轲本来欲出手干预，可是万一失手，我们最珍爱的人就性命难保，怎敢冒此大险？

受礼仪所限，我们没能和被簇拥启程的春娘道别。她被迫打扮，穿上又厚又重的华丽服饰，在嘈杂刺耳的乐声中登上轿子。司仪的官吏呆板得可笑。客栈的老板也好不到哪儿去。这个无耻的"父亲"给他的"养女"跪下行礼，叩头有声，请求宽恕。

春娘突然离去，使我们陷入从未经历过的茫然无措之中。我们顿时觉得被摧毁了，好像身心皆被掏空，丧失了一切抵抗能力。在此之前走过的人生道路上，身为男人，我们总是咬紧牙关、绷紧肌肉，承受各种打击，从来不发牢骚，更不会流泪。可是这一次，我们在一个意想不到的部位受到创伤。就在心头，这个日夜血流不止的尖端。好像只有流尽最后一滴血，我们的身体才能得到安宁。我们什么也没说，但是彼此心照不宣，我们是在为爱而伤感。日常生活中有无数的细节让我们想起心中的恋人，使我们心神不宁：收拾杯盘碗筷发出的碰撞声，窗外飘进来的梅花香，她未带走的淡绿色围裙……我们忍受着思念的煎熬。思念她的眼神、她的微笑、她的声音、她的体态，思念她那月光般的明媚。那月光如此亲切熟悉，又是那样的遥不可及。

在我们严酷的生存中，没有"伤感"二字。在我们看来，那意味着"女子的软弱"。我们追求男子汉之间的豪情，语则喧哗，笑则爽朗，饮必是岩浆般烧肠灼肺的烈酒。我们现在却为怀念的幽情而揪心，没有任何抵御能力。我们是否必须经此磨难？女人是否也有王者之道，以前被我们小视了？

我开始听见、真正地听见古人的高尚情歌。《诗经》至纯，屈原至情。无论是为幸福高歌还是因愁苦悲鸣，诗歌浑然一体。我也一样，以自己微薄之功进入诗人的行列。由滋生爱和凝聚爱的灵魂组成的银河之火，因诗歌而永不熄灭。

现在，我的音乐更加接近灵魂感应。事情可能原本如此，但是这个发现依然令我惊讶。最真实的诗歌超越掌控；它自灵魂深处迸发而出。现在我坚信不疑，艺之大者在于倾听自身灵魂与天地之魂的感应，并让他人也能听到这种感应的共鸣。怎能意识不到我以前的弹奏都受激情和冲动支配？一曲终了，荆轲、韩胖子等几个伙伴和我聚在一起。大家都在我的乐曲中得到宽慰，因为我弹奏出他们对人类悲惨和不公命运的反抗情绪。我们慷慨以歌，悲壮抽泣，酒酣至醉，以求延续激情。每当气氛过于紧张，我便自然而然地引进另一种婉转多情的曲调。现在看来，那不过是人所共赏的才艺而已，缺乏发自真正创伤的音调。

带着一颗伤痛的心，荆轲和我一起进入了一个内在的世界，那里充满了倾听和回响，回荡着轻柔而又悲痛欲绝的歌声。奇怪的是，唯有这歌声才能给我们些许抚慰。我们的友情由此而进一步深化，更加真挚。那是无约无束的坦诚，是使我们得以升华的对话。我们的相交提升到一个更坦然、更尊尚的高度：无须为对方的喜怒而有所顾忌，全心全意地信托。

第
二
幕

合　唱

　　崇高的友情，崇高的爱情。二者兼得就是人间莫大幸福。爱情崇尚完全奉献和完全崇拜的至上欲望；友情则意在建立于敬意之上的坦诚相待，无私的情意和无比的信赖。真正的友情和真正的爱情，二者相辅相成，互为依托，使相爱之人在共同升华中变得更加高尚。神奇的时刻，正因为神奇，所以不可长久。外在障碍无时无处不在，数不胜数。

　　然而具有高尚灵魂的人不会退缩；他们能把无转化为有。一切压迫只能强制肉体，但不能禁锢灵魂，更不能将灵魂拆散。分别的时间越长，等待中的欲望就会越炙热。有朝一日重逢，即使短暂，两颗相爱的心也会不可抑制地燃烧。这不恰恰就是坚强灵魂的写照吗？

热烈的友情，热烈的爱情。不过另有一些同样强烈的欲望，人们一旦受其纠缠，就难以摆脱。金钱欲、权力欲、占有欲和支配欲。这些欲望带来的悲剧蘸血而成。让我们走近细看：有权势者如何作为？受害者如何反抗？命运的敲击，每一个人必须面对，以各自的方式和方寸做出回答。

在此，历史的大潮侵吞细流。在历史大棋盘上，每一个人，无论贵贱，都不过是它的走卒。无人能躲过它的耳光，更躲不过它的利爪。此刻，我们很难把视线从前台移开，因为围绕两个人物的悲剧愈演愈烈：秦王政和燕太子丹。我们说过，周王朝崩溃后，中华大地被诸侯瓜分自治。不断的征战和兼并导致七国割据的局面。邻国间相互防范，各国皆枕戈待旦，战争一触即发。其实，大多数王国唯求自保。只有一两个例外，它们在无法满足的野心驱使下不断征伐。

位于长江以南的楚国是幅员最辽阔、最富庶的王国，其势力足以谋求霸权。但是最危险的却是位于西北部的秦国。而且不可思议的是，此国最不具地利之惠。在年轻国君的铁腕统治下，秦国拥有一支好武之师，令人畏惧。秦王政不仅有野心，而且肆无忌惮，世人皆知其残忍和凶暴，喻之以猛虎。在以巧取豪夺吞并了邻国之韩及魏后，他的阴影开始伸向赵国。那浓浓的阴影令人恐惧，它预示着血腥的战斗和无情的杀戮。

赵国一旦被吞并，还有谁能阻挡秦王入侵燕国？燕王年迈，太子丹迟早要继位。他非常明白局势，所以深感忧虑。丹曾经和政一起在赵国做"人质"，对年轻时就显出暴君端倪的政有所了解。当时，将太子交给邻国当人质是互不侵犯的保证。赵国西界秦、东疆燕，被夹在两国之间，成了两个未来的对手相识的地方。在漂泊不定的流亡期间，两个年轻人曾经在一起打发时光。他们之间的区别显而易见。太子丹体质柔弱，外表虽然随和，内在却有一颗坚持道义之心。由于历经磨难，他立志在继承王位后改善燕国人的命运。太子政完全相反。他体格异常强壮，易怒，暴躁，爱好打猎和美味佳肴，饕餮生活，因此有"虎"、"豹"之称。他阴险奸诈，善于玩弄心机为己谋利。在男孩子们的游戏中，他最大的乐趣莫过于让同伴跪着被夹在自己胯下，然后发出狂笑。在政继承秦国王位后，太子丹又不幸被送至秦当人质。在被软禁的处境下，他加倍遭受了自己最熟悉的敌人的无情凌辱。

正当秦国的威胁日盛一日之时，另一个事件进一步触怒了秦王政。秦将樊於期因拒绝执行秦王的一个武断命令而遭杀头之罪。他逃亡至诸国，但是没有一个君王敢收留他。最后，他来到燕国。太子丹听说过樊於期，而且很赏识他，于是同意给他提供庇护。收留樊於期的决定不仅大胆，而且极具风险。未来的燕王理所当然地为此忧虑，于是求教于太傅鞠武。鞠武提出富国强兵的宏图大略。太子丹说："太傅之长远谋略正合我意。但是不能救当务之急。我们需要一个立刻见效的方案。"

于是太子丹前去拜访田光先生，一位思想品行都受人尊敬的处士。太子向他讲述了时局，说明迫切需要一个能够直接打击秦王的方案。田光略加思索后说："太子，我已年迈，不能亲自参与谋略。您可以去找荆轲。他是一位非凡的人，有勇有谋，现住南门客栈。容我先去见他，转达您的邀请。"

太子临行前嘱咐田光，二人所谈涉及一国生死，切

不可外泄。可叹此嘱实属多余，暗示太子对田先生略备
戒心，刺伤了处士之尊严。不过他付之淡淡一笑，点头
示意太子不必担心。

荆　轲

　　我应邀去见田光先生。他先转告了和太子丹的会晤，并说太子希望见我。最后，他说："临行前，太子觉得有必要嘱托我守口如瓶。看来，我这个人还得不到太子的完全信赖！"说到此，他当着我的面，从容地拔剑自刎。呵，毫无疑问，他要用此举让太子放心。他不是同样也要让我看到，义士之风长存吗？

　　震惊之余，我赶到王宫，遂被引入议事厅。一看到我，太子即刻离座拜见。我告诉他田先生的死讯。他深感内疚，痛哭流涕。少顷，太子恢复镇定。他先给我概述局势，然后转到他最关心的问题：如何设法接近秦王政以便突袭。为了明确意图，他说出"刺杀"二字，继而解释道："一旦暴君'受制'，秦国上下必陷入混乱。我在秦当过人质，对其国情十分了解。几股势力将会为争权夺利而相互残杀……"

这一番话都是说给我听的。太子把燕国的命运放在我的肩上，期待我做出最后的牺牲。阴暗的议事厅，我们面对面坐着，一言不发。我们多么希望田先生能在场给予建议呵！最后，我提出需要考虑。

回来后，我独自沉思，试图看得更清晰些。然而，为什么思虑再三？这个习惯开始消磨我尖利的个性。以往，我埋头向前冲，接受一切挑战，包括最危险的挑战。什么，哪儿有一个恶棍？走呵！匕首闪电般划过。"杀！"声中，血肉横飞，身首异处……从前那铁石般的狠劲，我今天还有吗？我清楚，并非思考使我变得软弱。在此期间，我体验到与抗暴不同的情感。令人升华的友情，还有无法言说的对一个女人之爱。这些情感不仅重要，而且可以作为生存的理由。那么我是否没有必要思考再三呢？在我生命的这一刻，一个新的挑战摆在面前。是否接受？太子的提议简直匪夷所思，几乎非常人所能及。深入虎穴，迎战众虎之王！这不能单凭勇气。这个计划既要大胆，又要周密安排，既要果敢，也要谋略。最终难免一死，而且一定死得很惨……这件事是否应当由我来做？我难道就是为此而生吗？

在内心深处，我不无惊惧地听到自己的声音：许诺。我深知自己对暴君的深恶痛绝由来已久，憎恨他们在贪婪中把世界推向深渊，憎恨专横和丧心病狂的暴力。我去过那些被暴君之魁霸占的王国，亲眼目睹了那里的百姓在残暴的镇压下卑躬屈膝，过着奴隶般的生活。到了燕国，我开始喜欢这个自豪而自由的北方民族。他们曾经和蛮族有过摩擦；决不会不战而降。他们将付出沉重的代价。是否能用我的牺牲来拯救他们？并因此拯救我心里惦记的人：友人渐离和恋人春娘？

你曾经是伸张正义的游侠，你曾经夺取他人的性命，你的行为是否总是公正？还是扪心自问吧。你是否可以一直这样躲避死亡，同死亡捉迷藏？是否已到完成你使命的时候？你来到人世间或许就是为了迎接这个挑战？或许就该由你来完成未竟的事业！

高渐离

这一天，荆轲邀我去森林走走。我们骑马前往。半路上，他抖缰奔驰，我挥鞭紧随，只听得耳畔生风，马蹄在道上扬起落叶和长长一条尘烟。我尽情领略纵马飞奔的畅快，找回了当年与牛羊为伍时放浪形骸的感觉。可同时我也猜测，一个悲剧可能正追逐着我的挚友。

到了森林，他靠在一块岩石上，我背靠一株大树，我的直觉被证实了。他不慌不忙地对我讲述了一切，语气沉重。我被震惊，过度的冲动使我浑身僵硬而虚脱，说不出一句话。我们就这样僵持了很长一段时间。究竟有多久？我不知道。森林发出沉闷的嗡嗡声，像是永恒的叹息。花瓣上的马蜂，地衣上的蚂蚁，这些微不足道的小生命预感到暴风雨即将来临，它们聚拢、停滞，惊讶自己尚存于生命的此岸，即使短暂……

荆轲打破沉默，征求我的想法。我知道那不过是掩饰，其实他内心主意已定。等他说出自己的决定后，我表示遵从。我不想出言安慰，因为我自己也不知所措。人可以千思百度，叹息死亡厄运过早降临。但是，最终每一个人都必须独自面对属于自己的真理。或许是为了说些什么？抑或是受内心深处信念的驱使？我向朋友发誓，无论发生什么事，无论他在哪里，我都会和他在一起。我敢肯定地说，我的音乐已无界限，阴阳间一气可通。对此，我坚信不疑。肉体尽管分离，灵魂永远相聚。

荆轲是否相信灵魂？这一次轮到他点头表示遵从，口中不发一言。

荆　轲

我告诉太子丹愿意前往。

但是怎样做？必须精心部署一个周密的计划，以便我尽可能地接近秦王。世人皆知他生性多疑。关键在于：如何掩藏随身携带的匕首？宫内戒备森严，而且觐见前一定会搜身。

经过反复考量，最后决定，为了表示求和的诚心，燕国将边疆十五城割让给秦国。觐见时，我作为燕国的使臣，向秦王展示十五城详图。地图卷轴内藏着我的匕首。

还有一个问题令我们担心：如果秦王问起樊将军，怎么回答？这个暴君从来不轻易放过自己的仇人，他一定会提到樊将军。于是发生了行刺前的第二次献身。我们只能相信正义之神要求牺牲为代价。樊将军知情后来见我，他说："嗜血成性的暴君悬赏我项上人头，那就拿去给他。我逃亡后，他灭了我满门。至今，我只能在痛苦和悲叹中偷生。现在，既然大仇可报，死对于我已经无关紧要了。"说到此，他当着我的面自刎。我又一次看到义士之链坚不可摧。我把将军的头用函封存，这是觐见的贡品之一。

是否万事俱备？我提出需要再等等，因为我希望得到一位旧友的协助。他曾经和我一起习武，是一位武艺高强而且果敢的游侠。我们曾相互许诺拔刀相助。他在北疆山中隐居。

高渐离

此生比湍湍不息的激流更加动荡不安，因为我们是血肉之躯，充满了不可抑制的欲望和无法约束的激情。只需一个小小的缺口，人们费尽艰辛筑成的大坝就会意外地堕入深渊。

对于决心献身的壮士，太子丹感激不尽。在等待终极一击来临的期间，太子丹愿以世间珍贵之物满足他。还有什么比这更理所当然？不过，这里所谓珍贵，并非与天地一体的咏叹，令灵魂燃烧的共鸣。太子所赠，皆为俗物：豪宅、锦衣、佳肴和美女。如此优厚待遇有何不可理解呢？荆轲即将赴难。然而，我内心深处却萦绕着一个担忧：破碎的心会否因此而愈加破碎？

当荆轲要求春娘出宫回乡时，我内心担忧的深处，又洋溢出无比的喜悦。

此生重见春娘，真的再一次见到她！真是要感天谢地！悲剧的中心，映出一线灿烂的阳光。然而，正是这个悲剧把她带回我们身边。怎样解释呢？毫无疑问，爱情是世间最珍贵的。这是天经地义的法则。唯有爱能使我们得到安慰，唯有爱能使我们获得拯救。问题在于：爱的激情是最高的幸福，也是最大的痛苦。面对如此明了的事实，我不禁发颤。

把春娘搂在怀里，和她一起欢愉，因她而欢愉，真是不可思议。我们这样想过吗？或许是，或许不是。因为我们经历了爱情之爱和友情之爱，那是同样不可思议的事，如此细微、轻盈而又向天外开放。

荆轲将把春娘搂在怀里。他们之间的亲密将会加深我的孤独感。羡慕？嫉妒？或许是，或许不是！我怎能受这种狭隘的私情纠缠？荆轲即将赴难，其余无可计较！赴难前，他的一切要求都应得到满足！人类欲望真的能得到满足吗？这就是我最终的担忧。人类如果仅仅听从肉体支配，是否有尽头？人最终能得到什么快乐？

人能承受到何等程度？破碎的心会否被越撕越碎？爱的激情有时不是比死亡更猛烈吗？

　　我愿默默地忠诚守护我们三人无邪的情感。那是一块明玉，是地腹汹涌岩浆的万年结晶。

春 娘

　　虽然一切都是伤痛，我仍径直朝你走来。虽然一切都已太晚，我仍径直朝你走来。只要尚存一刻，我就和你在一起，荆轲。

　　我，沉默无言的、被苦难窒息的女人。让我最终鼓足勇气说出我的情感。

　　少年时期，我无依无靠，被束缚，被占有。后来，我依然无依无靠，成了满足男人欲望的对象。现在，我奇迹般地出现在这里，被解脱了。然而我能否主宰自己的命运？我多么希望这样呵！至少我知道：我生来第一次自愿献给一个男人，那就是你。当一切都是伤痛，当一切都太晚了。呵，女人，貌似温驯，其实身上带有不可言喻的欲望之烙印。这欲望是那么深不可测，几生几世也不足以探究!

　　时间还有意义吗?对于曾经发生过的事情,从前我们以为明白了;其实我们一无所知。对将要降临的事情,我们预感到所有的悲剧;其实我们一无所知。剩下的唯有现在。我们完全投入其中。不仅仅是完全投入,我们极度地兴奋,被激情淹没,直到永远。不再受任何牵制的春潮呵,涤荡一切,吞噬一切,涌起山峦,冲刷谷壑,无视滞碍,无视天际。它与日月同在,贯穿使万物流动之元气,超越此世,超越时间。奥秘呵!我们到底是谁?我们到底在哪里?

　　我们在欲望中被震荡,被摇摆,被碾成粉末。那神秘的力量究竟是什么?它将把我们带向怎样的彼岸?

　　然而,我们依然在此,还有此一瞬间。短暂的春天布满了暴风雨。一切甜蜜都已经是苦水,一切温柔都已经是暴力。体乏心碎的可怜人,他们无法承受人类的命运。我们绝望的呼喊渐渐消失在遥远的轰鸣声中。谁能听得见?

　　但是,只要我还活在这世上,我将不停地述说。我,沉默无言的、被苦难窒息的女人。让我鼓足勇气说出我的情感,说出一切。

荆　轲

对，春娘，鼓起勇气说出一切。我，一个游侠，不乏胆气，却少言寡语。我有自己说话的方式。言词能表达一切吗？在窃窃私语、恳求、喊叫以外，难道不是总有那无法满足的饥渴和那云雾般不可捉摸的面容吗？人们以为占有什么，搂抱的却是梦幻。

至少让我们拥有说话的勇气，趁为时不晚。陷入绝境的人，用剩下的时光倾吐心中的一切。

我见过不少女人，有的天真单纯，有的惯使心计，有的轻佻，有的难以捉摸。从来没有一个女人让我上心，让我恋恋不舍！我曾经无拘无束，东游西荡，有过快乐，也有过厌恶。但是你似一颗独一无二的明珠，在你面前，任何独占欲都是亵渎，任何莽撞行为都是玷污。渐离和我都明白这一点。我多么怀念我们三人之间无邪的友情呵！现在，我们俩经历了大开裂，怎能忘掉那肉体的亢奋，和热血奔腾？怎能忘记触动的心灵和难以言喻的忘情微笑？

男人生来能获得怎样的欢愉？他到底能承受什么？假如我早知答案，我还敢要求见你吗？假如我们早知答案，我们还会像受诱的飞蝶一样投进烈焰吗？灼伤了的肉体，带着永不磨灭的印记。

女人，让你被持久的温情和无限的向往裹住吧。男人必须洒脱、拼杀、死亡！我宁愿相信：我们无法选择不死，正如我们不能选择不爱。既然无所不是遗憾，那么，最大的遗憾岂不是没有爱过吗？

我在困扰中向你抬起头，我的上天。如果你俯视我，请宽恕我吧。请宽恕一个被逼得迫不及待的男人吧。在迎战恐怖之前，宽恕他的痴迷、他的疯狂……渐离，如果你能听见我的声音，也请你宽恕我。我们触犯了你；这并非我们的意愿。我不怀疑，你最终将会保护我们。

高渐离

诀别的时刻快到了。

太阳的炽热犹在。饥渴依然强烈。亲爱的朋友，你们落入情网，我和你们同在。听见你们表白，我愿大声对你们说："无所顾忌地放心相爱吧！"这依然可能吗？必须具备世间至高的智慧才能做到既依恋又洒脱。

如此美德是否人所能及？

呵，亲爱的朋友，你们是否知道，通过你们，我也体验到了激情。让你们的骨肉和我相连，让你们的血泪与我同流。时候到了，人的肉体吐出燃烧的火焰，人的灵魂将要哭诉、呼喊，发出无穷无尽的回响。是的，无穷无尽。那里，死亡将失去它终止一切的权力，无法继续维系它的统治。

　　荆轲，你和我，我们俩知道。我们载气而来，必将随气而去。你随气节，我随气韵。我们必须穿过黑夜。要来的必将来临。寒兮，冥兮，寒冥终将把我们吞噬。我们终将被吞噬吗？此时，此地，我们严阵以待。

　　荆轲，你匕首在握，我捧筑在怀。我不会离开你。但是，你将独自一人去对抗恐怖。为此，我不寒而栗。你在颤抖吗？我可以预感：悲泣将在我的琴声里转化为高歌。我的共鸣将回响于彼世，那里是我们游魂的归宿。

第
三
幕

合 唱

　　荆轲等待的习武旧交迟迟未至。太子丹因时局恶化而日显担忧。他提议请燕国闻名勇士秦武阳顶替为副手。荆轲不得已而接受。

　　出发的日子到了。深秋，阴沉沉的天，内心的悲哀令人窒息。太子丹在春娘、高渐离和几个大臣的陪伴下，送荆轲直至地处边界的易水。一路颠簸，不闻人语，唯听轮轴轰隆。除了两位上路的勇士，其余皆缟衣素冠，形同送葬。

　　在易水岸边，人们行礼祭祖神和道神。祭过神后，设酒席敬勇士。这并非草率而就的酒菜，而是一桌真正的盛宴。可能是最后一餐。或许是最后一餐。肉、蔬菜、饭、酒和瓜果之类世间美味佳肴，应有尽有。虽然处境严峻，但是不能改变规矩，七情六欲必须满足，基本的礼数也不可少。

用餐毕，高渐离起身离席，横筑在膝，开始弹奏。起初一曲庄严沉重，随即用"切音"拍击进入微调。乐人常以此调来表达最凄楚悲怆的情感。随着乐曲行进，琴声和流水声浑然一体，发出揪心而激越的回响。在场之人都双眼瞪裂，须发皆张。高渐离伴随着筑曲低声吟唱：

风萧萧兮易水寒，

壮士一去兮不复还！

这时，荆轲起身。他重复高唱这两句，似乎在做出肯定的答复。他向太子、春娘、高渐离和所有来送行的人行礼告别。然后，驾起马车向易水桥疾驶而去。秦武阳紧随其后。此情此景令人窒息失声，大家都含着泪水，目送二人的身影渐渐消失。

过了易水，壮士的命运就捏在了自己手里；他们所能依靠的只有自己的勇气和体力。每一个人都凝神屏息地期候着。

荆　轲

跨过易水，我们踏上了被敌国占领的土地。

到达秦国都城需要几天的路程。秦武阳话不多，更显得旅途漫长。一路上我反复思忖我们的处境。是否有过放弃的一念？说有不属实，说没有也不确凿。这一次行刺如此不可思议，让我突然觉得不现实。我是否正在做一个可怕的噩梦？或者是否在演一出闹剧？相反，透过这些朦胧混淆的幻觉，我看见，在遥远的天边，像一层薄雾，有一张面孔，比现实还要真切。那唯一的面孔，含着微笑，噙着泪花，无比善良。女性温柔之光化作母爱，我此生从未感受过，现在已经没有时间感受了……

很快，被车轮卷起的尘土连同思绪和情感一起飘散。

我要完成的任务摆在面前，使我振作精神。它提醒我，为了这一次行动，田先生和樊将军都已捐躯，他们可以说是我的先行。我看见，在我的身后有太子丹，我对他许下承诺；更有一国的百姓，他们虽不知情，却期待着奇迹出现。

到了都城，等待我的是为了获准觐见所需的繁杂手续。觐见的日子终于到了。经过了严格的检查，我们进入咸阳宫。大殿纵横宽阔，气势恢宏而威严。我们进殿后，一个大臣高声通报我们的身份和姓名；他的声音绕柱回荡，层层递进秦王耳中。现在，我们可以朝王座慢慢靠近了。御座距离殿门出奇得远，大概是为了让外来使节产生畏惧感。为了走近御座，使节们必须穿过黑压压的两行大臣和武士。秦武阳开始颤抖了，我暗自叫苦。他手捧装着樊将军头颅的盒子和地图卷轴，脸色苍白如蜡，再也无法迈步。面对惊疑的秦国大臣们，我以镇定的口气解释说，我的同伴被咸阳宫的气势震慑。这个突发的意外使我失去了帮手，我随即明白，天意要我独自一人完成那最后一搏。

我接过图轴，慢步向前靠近。

在御座前，我先行跪拜，然后抬起头，终于看清了暴君的面孔。他额纹似刀刻，胡须浓密，目光如猎鹰般凶猛尖利。我启奏道：

"大王是否允许我将燕国所献十五郡县地图展示？"

"准，展图。"

我控制住紧张情绪，缓步走向自己的目标，将地图放在御座边的桌上，慢慢展开。

匕首锋芒闪亮。

我抓起匕首。瞬间，猎鹰的眼光已经看清了局势，他豹子般地纵跃离座，闪避在身后的铜柱旁。我跳起追击，抓住袍角，力图控制对方。秦王为了保命，竭尽全力绕柱而逃，我紧追不舍。

大殿上的百官被突如其来的变故惊呆了，一时鸦雀无声。没有一个人敢挪动步子，包括卫士在内。多疑的秦王定下铁的纪律：没有他的命令，谁也不许轻举妄动。眼下，暴君成了自己例规的牺牲品。我们继续绕柱追逐。

"王负剑！"

一个声音从右边传来。一个御医一边提醒秦王，一边将他的药箱朝我投来，阻止了我的追击。秦王乘机从腰间抽剑，然而一拔不出。他一边继续逃跑，一边猛抽，终于拔出利剑。一剑在手，他又重新控制了局势。他突然转身，挥剑砍来，击中我的左腿。

我身受重伤，不能移步，只好依柱而立。与此同时，秦王隐身于另一个柱子之后。我只能奋力将匕首朝他掷去。匕首深深嵌入铜柱之中。

我血流如注，知道失败了。我几近身心爆裂，乃纵声大笑，然后一字一句吐出："这些都是因为我原本无意刺杀，我要生擒你！"

这些话从哪里来？我为什么会这样说？是否因为自己失手，想以此在暴君面前为太子丹的计划略作开脱？是否想掩饰对自己行动不够坚决的悔恨？我真的有过生擒秦王当人质而生还的梦想吗？这个梦想只有依靠我习武旧友的大力协助才能实现。

我朝喧嚣一片的大殿看了最后一眼：在大臣们的欢呼声中，卫士们的刀枪剑戟雨点般地落在我身上。他们把我的身体剁成碎块，血淋淋地摊在广场上示众。

第四幕

合　唱

接悲剧而来的后果无法估量。可想而知：丧心病狂的秦王为了报复，已经没有必要遏制自己扩张的欲望。他比以往任何时候都更加坚信征伐的合理性。他知道可以依赖秦国纪律严明、身经百战的将士们。为了激励他们，不设禁戒：所有敢于抵抗的城池，一旦被攻陷，便蒙受烧杀抢掠之灾。

至于他的对头、当年一同被囚禁的太子丹，则成了讨伐狂发泄的对象。他庆幸自己从此可以无所顾忌。"他怎么敢在太岁头上动土？更有甚者，他竟然要刺杀我，而且险些得手！"秦王怒不可遏。他命令秦军活捉太子丹，要让他受尽最残酷的刑罚。

最后，年老的燕王决定将太子丹解送秦国，想以此平息秦王的怒气。逃亡中的太子别无选择，唯有自尽。他的死无非多添了一个牺牲者，并不能让他的国家免于被侵吞的命运。

征服者傲慢的野心无限膨胀，他倚仗着士气旺盛的雄师，乘势把毁灭性的恐怖扩展到西部和南部富庶的齐国和楚国。

还有可收服之地吗？没有了。普天之下莫非王土，他至高无上的权力无所不及。空前绝后的现象，无与伦比的狂乐！他终于可以强制推行最严酷的号令，凭着自己荒唐的梦想为所欲为。他于是顺理成章地自命为"始皇帝"，狂妄地宣称他的王朝将传至"千秋万代"。

千秋万代！这样长的寿命能取决于人的意愿吗？谁也不知道。令人担忧的是：始皇帝肇始的非人性专制将会久久地被许多皇帝效仿。

生活还要继续。小百姓们承受着悲惨的命运，使天道得以运转不息。醉是忘却恐惧和悲哀的妙方。于是酒商发了财，如果说"发财"二字在此还有意义。其实他们也一样，被苛捐杂税压得喘不过气。只能说他们略为宽裕而已。就这样，我们有幸在一个酒肆里看到一次聚会。那是在一个相对僻静的东北地区。宾客满堂，喜气洋洋。饭后，为了助兴，几个乐人演奏筑。在场所有的人都静静地聆听，除了一个佣人，他竭力控制自己不耐的情绪。随着乐曲的进展，他嘀咕着挑毛病，悄悄地摇头表示不满。别的佣人发现了他的举动，告诉了老板娘。聚会结束后，老板娘问他：

"你善击筑？"

"是的，夫人。"

"明天给我们奏一曲。"

翌日，酒肆主人邀集了几个爱好筑艺的朋友。佣人穿着整洁，神情庄重地和大家见礼，然后坐下，取出乐器，开始演奏。筑音始出便扣人心弦，直至曲终。人们似乎听到了古时那神话般的仙乐。演奏甫毕，座中一人失声叫道："他是高渐离，就是他！"

高渐离

是因为一时头脑发热，还是发自内心深处的冲动？是出于虚荣，还是为了维护尊严？我能辨认清楚吗？我暴露了身份，然而我们的幸存完全取决于隐姓埋名。

还是从头说起吧。

荆轲失手遇难的噩耗传来，使我们痛不欲生。燕国和我们每一个百姓所面临的灭顶之灾让人惊恐不安。唯有救护春娘的欲望使我鼓起勇气，带着她仓皇失措地奔逃。秦军把我们当作"荆轲的同伙"，四处搜捕。

为了改容易颜，我剪去自己的胡须和长发。春娘穿了一条粗布长袍，以炉灰抹面。即使破衣烂衫也遮不住她那双美丽的眼睛，她困倦和愁苦的面容帮助她成功躲过了人们的视线。敌军进攻时，我们避开成群的难民，那是杀红了眼的军士们最容易捕捉的目标。我们很快向东北苦寒地区逃亡。沿途捧着破碗乞讨，睡在谷仓或猪圈里，甚至忘记自己是谁，像两只在血雨腥风里被追捕的野兽。最后，我们躲进了深山老林。在那里，我重操旧业：采摘野果和狩猎。

和我一起，春娘渐渐习惯了野人的生活。既然回归自然，一切也就顺其自然，我们摆脱了世俗的重负。因为共同的遭遇和求生的迫切需要，我们结合了。我无时无刻不感到惊疑和震撼："什么，春娘就在这儿，完全地和我在一起。她温顺而光彩夺目。我们是那样亲密无间，身心交融！"夜深寒气袭来，四处虫鸣，漫天闪烁着星光，我们躲进草棚里，相互依偎着取暖。我们被怜悯、温馨、情欢相交织，领略到以前在梦中也不敢奢望的飘飘欲仙之感。

呵，这个困苦而辉煌的夏天！原始的土地就像成熟的大南瓜，任人采摘。枝头或蓬间的果实唾手可得。我凭嗅觉，带着春娘在方圆几十里的林子里摘蘑菇和野梅子。秋日里，森林被染得一片火红，金色的松脂和琥珀色的枫浆像大自然的乳液般流淌。松针烤肉，烟香袅袅，给我们留下久久的回味……

对荆轲的怀念时刻陪伴着我们。这怀念非但没有把我们关闭在无谓的忧伤里，反而促使我们振作和正直，推动我们直面生存，这个严酷的责任。然而，我同时切身体验到人类意识的复杂性，对此一筹莫展。春娘的内心受着一个疑问的折磨，以致陷入深深的内疚。内疚的原因？传闻荆轲失手后，身负重伤，他对秦王说："因为我原本想活捉你！"我们的朋友居然萌生过活着回来的妄念。这一份情感是否拖累了他？甚至，生还的欲望是否因为同春娘有过欢媾而不得忘怀？春娘无法阻止自己反复提出这个永无答案的问题。

还有我，难道我就没有自身的不安吗？如果荆轲还活着，我同春娘之间如此美好的结合是否可能？我向自己提出的这个问题也许很荒唐，然而却很现实。当我的朋友和我的恋人亲昵相交时，我难道没有产生过嫉妒吗？当时因为想到他即将献身，所以我超脱了狭隘的情感。既然如此，我是否"利用"了他的死来获得现在的安逸呢？何是何非？友情和爱情能否并存？"三"的关系是人类所能及的吗？然而，那令人兴奋和向往的三人同在，我们确实经历过。玛璠晶莹，我把它深深地埋藏在心底。他们二人也无异。崇高的友情，崇高的爱情。后者倾注了灵与肉的激情；前者倡导无上的敬重和无私。难道没有一个更高的境界，能使真正的"三"在灵与肉的对话中得以实现？

　　我于是萌生了一个难以置信的欲望，就是通过灵魂和荆轲重逢。

　　严冬降临，春娘经受不了如此苦寒的野人生活。外面的混乱也渐转平息，于是我们冒险牵涉，来到这个相对僻静的乡镇。我们来到这家酒肆帮忙。老板满意，于是收留我们当了佣人。我细心摆弄酒桶。春娘动作娴熟，一看就是伺酒能手。两个劫后的幸存者就这样苟且偷生。要想维持，就必须隐姓埋名。我一直接受这个苛刻的条件，和春娘在一起的幸福足以使我满足。

　　然而，我却显露了自己的真实身份。我反复问自己：是因为一时头脑发热，还是发自内心深处的冲动？总之，一切都晚了，不可能走回头路。可怕的结果可想而知。我可以选择吗？内心的魔障挥之不去，我明白，那就是我的艺术。就是这个可恶的筑，这个该死的筑。这门艺术必须延续；它的传承崇高无上。我无权坐视筑艺衰退而无所事事。否则，我的师父在九泉下不得安宁！再者，必须清醒地认识到：这个世上有太多的悲剧和苦难，有太多的憧憬等待抒发，我真的能够一直沉默下去吗？

在深夜里，在压抑的沉默中，不知从哪里来的光照，使我获得启迪：发自我们内心最有活力的歌声，不仅天下人能听见，这是无疑的；而且天外的神也能听见，这也同样无疑。太阳神、月亮神、所有的星神、生息天地万物的神韵，是的，歌唱是我们唯一的方式。通过歌声，我们可以打动神，使神接受把我们的肉体化作灵魂，让忠实于生命的游魂相聚。

春娘

我们居然还活着，渐离和我。我们躲过了劫难。

躲过了一场大劫难，因为在此之前，我已经遭遇过许多不幸：幼年被卖，少年被奸。后来，我遇到了渐离和荆轲，体验到了美好的爱情和崇高的友情。遗憾的是，那时间太短暂了。我的女人之身又给我带来了不幸。被老国君选作妃子，对于许多人来说那是荣幸，而对于我来说，只不过是无尽的侮辱。我获释仅仅因为一个意外而悲剧性的事端。和荆轲在一起，我们燃烧的激情再也不可阻挡，可那又是多么令人心碎的激情呵。纯真的冲动带我升华，也让我感到忧伤和内疚的重负……

大劫难就是荆轲的死和随之而来的燕国被灭。我和渐离相依为命。和他在一起，我找回了一直属于自己的东西，因为他和我生来匹配。和他在一起，我找回了养育我的土壤和以往的感觉。我找回了失去的亲人、父母、弟弟，甚至还有那只被狐狸叼走的小白兔。是的，的确如此：和他在一起，能够达到对世间事物的大包容，从而获得使人升华和奋进的根本性的同情。

那是一段不同寻常的人生经历！投身自然的野人生活，我们的身体饱受风吹雨打和毒虫叮咬，然而却无拘无束。我们只能依靠自身的体力和求生的本能，也不用压抑深藏的欲望。为了我，渐离克服种种顾虑，超荷负担。尽管我们生活在贫困中，但是他的艺术感总是能给短暂的间歇添彩。

已经发生的悲剧并不遥远，我们不敢提及。我们找不到可以谈论的字眼。它是那么令人震惊以至不可思议。我们唯一可以断定的是，这个悲剧从此将留诸青史。

我们只能偷偷地为荆轲哭泣。他是我们的骄傲。他虽然没有成功，但是给我们换来了尊严。然而我摆脱不掉内疚的折磨。无论渐离如何安慰我，它总是附在我的身上挥之不去。我知道不该试图从中解脱。从某种意义上看，保留这一份内疚，就是荆轲留给我的一份珍稀的"财富"。

我们已经一无所有，除了那只装了筑的木盒，像神器一样被供在那里。渐离不敢碰它。但是我看得出他很痛苦。那天晚上，见他把筑取出来，我不寒而栗。因为，隐姓埋名是我们生存的条件。不过换一个角度看，我十分清楚，一切谨慎的劝说都已经无济于事。他无非是顺势而为，服从神意。

高渐离

是的，我顺势而为，服从神意。是的，我成为一曲高歌的仆人。因为这是一个神圣的使命，除了我，没有人能够完成。唯有这高歌才能把过去同现在、现在同未来相连。很久以前，我师父临终时把这个使命传送给我。那时，我见识有限，无法完全领会。我曾经满足于自己的才艺和名声，走村串乡地演奏一些欢快或悲伤的乐曲，使一天劳作之余疲惫的听众得到解乏和消遣。那时，我以巧妙的弹奏再现大自然的声息和韵律。

真正的灵感来自春娘，她向我揭示了灵魂的神秘，让我懂得灵魂共鸣洋溢温柔和同情的光环，那才是更高的旋律。荆轲给予我另一种告诫。他进入了我的人生，教给我充满正义感和牺牲精神的悲剧意识。他的死对于我是最终的一记棒喝，使我从此觉醒。

现在，黑夜笼罩世界，百姓无声无息。唯一能听到的，是阵阵沉闷的呻吟。这呻吟来自深渊，那里麇集着披枷带锁的躯体；这呻吟来自驱不散的乌云，那是殉道者冤魂行进的队列。

始皇统治的恐怖愈来愈不可思议。一句失口之言，一次不慎之举，甚至一个无根无据的猜疑，就可以把一名无辜者打成罪犯。惩处的手段列有清单：大小罪名数不胜数，相对应的各类刑罚也无奇不有。身体的每一个部位都不放过：剁手、断腿、割耳或剐鼻、挖眼珠、切舌、穿骨、阉割……犯死罪者，祸及全家甚至全族，导致少则几十人、多则数百人丧生。总之，一个人的性命不比一头牲口更值钱。人们还要服苦役。几十万人被征调修筑宫殿，几百万人被发配建造长城，生还者屈指可数。

命运让我生在这个极度悲惨的世界。天降大任于我，就是要把世道的苦难和被压抑的呐喊转化成歌声。或许掺杂了些许个人的虚荣心，因为我也常常为喝彩声陶醉。

但是关键在于：我全身心地投入。为了什么？为了让活着的人找回热血的肉体、跳动的心脏，让死去的人知道他们没有被消灭。为了从大地升腾起唤神曲，鸟兽为之飞奔，泉水波涛为之汹涌，火焰狂飙为之呼啸。为了让所有向往生命的人随着这唤神曲回归原始韵律，而不被上天遗弃。相反，上天记忆永驻，直至万物重新合拍共鸣。

春　娘

　　渐离被不断邀请，所到之处无不受到热烈的拥戴。卑微的百姓有多少苦难需要倾吐呵！既然一切抱怨都被禁止，唯有音乐能给人们带来一丝喘息之机。现实使渐离重操搁置已久的旧业，重新成为游走乐人。不过在走村串乡时，他留意避开城镇。

　　要发生的事情终究不可避免。渐离的活动没有逃过宫廷爪牙的警惕。他们一直在缉拿荆轲的朋友。渐离被抓进宫，押到皇帝面前，只等问斩。出乎意料，凶残的暴君居然爱好琴乐。他在听了渐离的演奏之后，惬意地舒了一口气，赦免了死罪。

　　这个冷酷无情的人是否在内心深处尚有一丝人性？

可悲的是，暴君身上是不会出现奇迹的。他既想真切地听演奏，又顾忌自身的安全，于是做出惨无人道的决定：使艺人盲目！下一次觐见时，卫士们极其野蛮地抓住渐离，以马粪熏瞎了他的双眼……

亲爱的脸庞，恐怖的面容。血污里透着痛苦的扭曲和毁容后的狰狞。原本神采奕奕的双瞳，只剩下两个黑洞。恐怖的面容，人人视而避之，而我却要正眼端详。我意识到女人的勇气。如果说出生入死的拼搏通常是男人的事，那么女人以自己的方式所承担的并不比男人少。尽管，有时女人没有亲身经历磨难，但是她把受难的男人拥抱在怀里，无论自己内心是否承受得了，总是尽己所能地给予照料和抚慰。

我能抚慰渐离吗？他变得阴沉、孤僻，不愿让别人靠近。他必须耐心学会盲人的生活习惯。不难想象，他怎样压抑着满腔怒火为羞辱和残害自己的人演奏。尽管如此，他依然试图在乐曲中奏出抗争、哀叹和怜悯。但是他面对的是一头野兽，听曲只为取乐，对别人的痛苦麻木不仁。

一个新的现象让我觉察到一丝契机：双目失明唤起

他对盲人师父的回忆；他想起古时候，当一个人失去了其他所有感觉，便可达到绝对完善的听觉，于是成为大道的卫士和大师。这个记忆像地震一样震撼了他。他甚至似乎听到师父教导他踏上这条新的道路，通过传授技艺使大道延续。于是他开始带弟子。

高渐离

　　孤独地面对自己。面对自己和属于自我的命运。独自一人在房间里，除了一只苍蝇围着我飞鸣，绝对的孤独。终极时刻到了，我知道，而且唯有我知道。命中注定的时刻，可怕的时刻，恐怖！上天给人留下什么选择？人注定要经受什么样的磨难？我是否可以推迟这个时刻？甚或避开它？这不是我来到这个世界要做的事。我是否真的别无选择？为艺术而死，这是所有真正艺人的天职。但是不能如此轻率。然而我明白：我命中注定的终极时刻已经来临。我知道，而且唯有我知道。每一个人，在一生中的某个时刻，都会发现自己所处的深渊。每个人都是一个深渊；在深渊之间，似乎隔着不可逾越的鸿沟。

我不能向任何人吐露自己的打算。甚至不能告诉春娘，尤其不能告诉她！再一次谋杀暴君，不惜付出另一个她珍爱之人的性命！她怎能接受这个念头？只要想想等待我的可怕结局，或许比荆轲死得更惨，她就会被恐惧冻结，被绝望摧毁。这就是我们悲惨的命运，三个人一起被卷入同一个可怕的悲剧，不可拆开又不可避免！

真的不可避免吗？我再一次自问：我不是可以选择放弃吗？继续卑躬屈膝在寻欢作乐的魔鬼面前，像乞食的饿狗一样百依百顺？这难道符合我艺人的尊严吗？怎样才不愧对春娘给我的爱？眼下的局势，不正是需要我来完成荆轲未遂的义举吗？趁现在还来得及，必须去做应当做的事。严峻的磨难已经摧残了我的身体。我的体力日损。筑艺也正日落中天。我不可能一直有接近暴君的机会，只有极少数的人能获得如此优待。每一次演奏，我都能感觉到他兽性的鼻息扑面而来。尽管我双目失明，但是目标触手可及。我能用青铜乐器砸烂他的脑壳。我深信，此举不仅限于报私仇，它可以避免更多的人成为暴君无法无底之野心的牺牲品。

　　我不能向任何人吐露自己的打算。不过有两个弟子或许能明白我的心思？他们对筑艺所载的大道已有所领悟，能够逐渐接受我的想法。无论如何，他们是我唯一可指望的援助。我庆幸自己培养了这两名绝对忠实的弟子，我要把春娘托付给他们。但愿他们能够保护春娘至老无恙。我看现在的处境已经明朗：对于我即将实施的举动，只有我们三个人知情。我告诉他们，在大权独揽的暴君眼里，艺人不过是宫中的奴隶。一个不顺心，或者一时兴起，他就可以处死我。他曾当场下令处决一名战败的将领，曾经把所有为他建造陵墓的梓人和工匠杀绝。这些不足以为证吗？

　　所有这些理由还不够充分吗？不过还有一个更深层、更隐蔽的原因，就是发自对春娘的爱要求我立即实现一种嬗变。怎样让别人理解我的这种感受呢？我不能再忍受春娘为我承受的痛苦；她必须每天悉心面对我这张被毁容的脸。而她的面容呵，我过去曾多少次以爱慕之眼观赏无厌。可现在，我这张抽搐的怪相再也不能映照出她的美质了。一个受难的男人可能在怜悯的羽翼遮护下残喘。如果他不顾对方反感，依然寻找丁点肉体的欢愉，实在说来是多么可憎呵！他早就知道灵魂的时期已经开始。灵魂？是的，肉体只有借助灵魂才能闪现出真正的美丽；只有在灵魂中，肉体才能真正地交流。这个启示来自春娘。当她以震颤的身体让我听到内在的生命韵律，她是在用灵魂接纳我。我的灵魂便直接进入并停留在她的体内。于是，我们共同体验了令人沉醉的交流，那感受既炙热又持久。人们不是常用"销魂"来描绘对这种感受的体验吗？是的，一具不逐渐向灵魂嬗变的肉体，终将成为风干的外壳。

　　灵魂，这个没有实体、无法捕捉的东西，我却能像抚摸我的膝盖或膀臂那样抚摸它。它既飘逸又富于肉感。这个发现令我震惊！正是这个觉醒，使我萌发了和荆轲的灵魂相会的迫切愿望。我确信从此和春娘永远合为一体，然而我却因为荆轲迷茫的灵魂而苦恼。他的灵魂迷茫于内疚、失败的耻辱、造成无数生灵涂炭的痛苦折磨之中。我只有承受同样的牺牲才能进入沉沦的疆域，和他的灵魂重逢。如果我找到他，就一定要把他从那里带出来。

　　在这个人间的黑夜，在恐怖的孤独中，我看见：迷茫的灵魂将成为流星。爱的灵魂则将化作因爱而相互吸引的星群；它们织成灿烂不灭的光环。

春　娘

　　怎能忘记你临行前对我说的话？那一天，皇帝宣你去夏宫。你对我说："我们将要分离一段时间。不过，我们已经永远在一起。"当时，我没有理解这些听似有些郑重的告别。你还说："我不在时，弟子们会照顾你，他们是值得信赖的人。"

　　你刚走，你的弟子们就遵嘱带我出走。想不到那是如此漫长的漂泊。我们躲避在北部山脚的一个小村子里。你教出来的年轻乐师个个才艺出众、忠诚可靠。他们不愧是你的弟子。他们对我关照备至，但是为了挣钱生存，也不得不常常撇下我一人外出。

　　呵，孤独，我们彼此多么的熟悉！多少次，你看到我从最亲爱的人身边被拽开。或者更确切地说，是这些亲人被无情的命运捕捉，同我撕离。我无法触摸到他们的身体，把他们搂在怀里，给予照料和抚慰。天地之间，剩下我独自一人。我已经习惯了这寂寞的时刻，听得见哪怕是一枚细针落地，一抹枝梢在微风中轻叩窗扉。广袤无垠的天地，冷漠而沉默，一个生命，孤独在此。恰如一只被遗弃在灌木丛中初生的幼猫，它满目惊疑地观察四周，死亡的阴影已经朝它袭来，而它一无所知。又怎能忘那一只孤雁！它因力乏而陡然离群，惊慌失措，知道噩运已至；它独自铩羽盘旋，然后奋起绝望之余力，嘶鸣着朝雁群消失的方向振翅。广袤无垠的天地，冷漠而沉默，一声嘶鸣，孤独在彼。每一个人都孤单单度过自己的黑夜：谁能把我们从黑夜救出？呵，孤独，我们彼此多么的熟悉！在这蟋蟀争鸣的夜晚，你可见，同以往一样，唯一陪伴我的，只有屋檐下的灯笼。灯笼彻夜微明，我知道这意味着什么。当年我在客栈时见过：迷途的游人庆幸在灯笼的指引下找到歇脚之地。在王宫里，失眠的我也守候更夫在灯笼前暂停报更。现在，弟子们深夜演奏归来，在灯笼下轻叩我的窗框向我问安……

　　我像一炷不熄的烛火，守着漫漫长夜。我只会这样做。我只能这样做。

高渐离

　　我离开住所，在宫廷卫士的押送下来到暴君的骊山夏宫。一接近骊山脚，我就感到一阵凉气袭来，减缓了沉闷的炎热。虫鸣嗡嗡，鸟叫叽叽喳喳，织成一张浑圆的声网，偶尔被几声乌鸦的聒噪刺破。那些往日熟悉的气息又一次唤醒我的嗅觉：松针和蕨菜的香味，岩石上的青苔在阳光下蒸发的气味，野果散发出的阵阵幽香……

　　但是我已经看不见眼前的世界了。我全神贯注于我要做的事情，或许与当初的荆轲一样。我提醒自己不能漏过任何一个细节。我把筑灌满了铅，让它更加结实而有杀伤力。这件我的艺术和生命所依赖的乐器，如今成了杀人的凶器和我死亡的原因。是否还有其他选择？人赖以生存之物，也必与之一同毁灭。这是所有艺人的天命，也是人类的天命。

决定命运的觐见时刻到了。暴君欲听乐寻欢。为了讨他开心，我先选择了一段欢快的曲调。接着弹奏的是一段轻柔的乐曲，声音微弱得似有若无。高贵的听者冲我呼叫："靠近些！再靠近些！"我移近座位，继续弹奏。我听到了熟悉的喘息声。猛兽的鼻息开始向我袭来。忽然，我觉得一切都十分简单。举手间就可一了百了。我加快节奏，以切音转入徵调，这是我和荆轲诀别时弹奏的乐曲。我似乎看到对面那张万恶的面孔开始变得苍白。我挥筑朝他的方向竭力砸去。同荆轲一样，我也没有中的，这一回轮到我失手了。

我是否有机会吞下事先预备的毒药？记不得了。似乎不太可能。我当场就被禽兽般的爪牙们抓获，立即拖到老虎间，浑身衣服被剥光。我幸好已看不见他们凶恶的模样。我仅仅从他们奸淫的怪笑和叮咚作响的刑具撞击声中猜测：他们在准备一顿兽性的盛宴。

人间的语言不足以描述受刑的折磨。然而，这些酷刑都是人类才智的发明，而且这种才智不可限量。有史以来，人类不遗余力地折磨一躯有限之身，用尽所有残酷手段，尽量延长痛苦时间，为此还造就了精于此道的专职施刑手。秦皇朝则更高一筹，把处罚分门别类载入法典，简化了施刑者的任务，他们只需依照规定的处罚清单行刑。通常情况下，每一刑罚都对应一种特定的犯法行为。若是遇到一个被凌迟处决的死囚，施刑则非同寻常。所有酷刑一一用上。首先从身上割去有感觉的凸出部位，也即所有感官：耳、鼻、舌、手、性器官等。我让行刑者少了一道程序：剜目，至少减去一点麻烦。然后就是用烧红的镔铁烙凹曲的部位：腋窝，肚脐，肛门，脚掌等。最后，他们以娴熟的技巧卸下我的臂和腿。

这些手续完成后，刽子手们是否满足了？绝非如此。他们的兽欲旺盛，只要受刑人在百般痛苦中还呻吟有声，他们就不会放过。面对奄奄一息的受刑人，他们不慌不忙地探讨，如何结束手头的活计。各种见解足智多谋。有些人提出按老规矩办：活活掏出心脏；另一些人则主张把剩下的残骸扔给恶狗，一睹骨肉撕裂之快……

第四幕

受刑人受尽没完没了的折磨，他唯一的愿望就是快些死去。他甚至庆幸死亡奇迹般地存在，觉得死亡是上苍最美的发明，是他最大的宽容。

期待死亡，上苍宽容……怎么，这一堆血肉模糊的残骸还能推理，甚至神会吗？这个汗、尿、血的浊气充塞的世界里尚存记忆？尖刀下，血淋淋的碎肉瞬间还依稀记得曾经被母亲、被女人亲抚疼爱过。在这个魔鬼横行的可怕深渊里，他还忆及一曲孩提时的歌谣。荒诞呵！恐怖呵！在这极度毁灭的时刻，那个可怕而又无谓的问题依然萦绕不散：为什么浩瀚宇宙的这个阴暗角落里，万千群星中，这个小小星座竟能达到这般的残酷、惨苦！

人类的残骸在沉沦，沉沦在那摸索无边的黑夜里，在那无尽遗忘的苦海中。

第五幕

合　唱

　　傲慢、野心、无上的权力欲，人类受其支配以致疯狂。人性变得非人性，非人性变成兽性。暴力生暴力，靠恐怖生活的人必将死于恐怖。

　　至于秦皇朝至尊者的命，自有天定。嬴政十三岁即王位，很快就显露了一个贪得无厌的征服狂的本性。三十五时，他逃脱了荆轲的刺杀。不满四十岁就灭了其他王国，称始皇帝。四十岁时，他又躲过了高渐离的刺杀。此外，还有过几次刺杀，但都未果。五十岁时，他猝死于远离皇宫的东巡路上。臣子们随即为争权夺利各自谋算。为了不使薨讯在始皇的遗体被运达都城前外泄，他们在龙辇周围排放了满载咸鱼和鲍鱼的小车，这两样东西是他生前最喜欢的菜肴。这些小车释放的强烈气味，掩盖了开始分化的尸体的腐臭。

秦始皇一统中国，建立了一个体制严酷的庞大帝国，这是后世认可的功绩。然而以什么为代价？为了维护专权，他推行令人窒息的统治，苛捐杂税和劳役使百姓苦不堪言。他大规模地牵掣人口，调动数百万劳工修筑庞大的宫殿和长城。传说垒砌这些建筑的不是砖石而是尸骨。这不仅仅是想象，确实反映了冷酷的现实。他不容忍任何抱怨和异己之见，施行残酷镇压以至焚书坑儒。如此暴政最终导致毁灭性的暴动。

千秋万代的秦皇朝在始皇死后三年就崩溃了，被汉朝取而代之。

我们见证的悲剧还剩下最后一个幸存者：春娘！她现在已经是一位六十多岁的老妪，虽然面布皱纹，身板微曲，但依然保持着自己的本色。她居住在故国的一个小村庄。乡亲们敬重她，保她衣食无忧。慕名来拜见春娘的人越来越多，小村也变得远近闻名。来访的人都想听她讲述英雄的事迹。听众凝神屏息，不时发出"唉、唉"的悲叹。春娘就如同北国开放的一朵娇艳奇葩，她身上依然焕发着已经消失的古典美。

至于我们有幸得知的秘密，春娘则缄口不言，以免被误认作巫婆。那么就让我们延续这运气，倾听她和相爱的灵魂之间不同寻常的交谈吧。

春 娘

是的，不同寻常而又令人不解的交谈呵！令人不解，因为出人意料；令人不解，因为混凝入同一咏叹，同一首多音而又独一的歌。

是否可以相信我已经提前死去？抑或天可怜见，赐我们重逢？我还活着，我两个爱人的灵魂回到了我的身边。不，我从未怀疑过我们有朝一日会重聚在一起。我的灵魂已经和渐离连在一起，我深信渐离的灵魂可以找到荆轲。不，我从未怀疑过我们有朝一日会重新在一起，但是我以为是在我死以后。

然而天赐现在就降临了。我的生命已快走到尽头，如同风中残烛。我料想该是这从未熄灭的火苗为我的两个爱人指引归路。那是一条人世间神秘的路。

尽管我还在人世间，但是我亲身体验到另外两个存在，同他们分享生命。这种体验很有规律，总是发生在圆月之夜。我们三人重新在一起漫步，一路时而光明，时而昏暗。每个人都可以述说自己的经历和感受。每一个人都可以尽述一切，当然还有一些事情无法言说。

无法言说，奥秘终究是奥秘。渐离教示我们只能在诗歌里接近它。无法言说，对于我们三人而言，一切尽在不间断的和声咏唱之中。三个声音既各有区别又浑然一体，既发自每一个人又合成同一种声韵。每一个声音都在永恒中同另外两个声音共鸣。友情之音，爱情之音，如乳液滋养、均衡和焕发我们唯一的激情。

在这个圆月之夜，人间的盛暑达到至高点。在我去世之前，我们共同的欲望已经提前实现。意外而又让我们如此期盼的天赐降临了。

其实，现在降临的就是所有发生过的往事。是此生，是彼生，是此生已在彼生，是不能不成为彼生的此生。一切可以来临和定要来临的事情，已经不是我们自己能够衡量的了。

扬起歌声吧，归魂！

归魂之歌

我已经那么接近死亡！
我已经那么远离死亡！
死亡已经发生；死亡不再。

再无任何残存，唯有欲望，
未酬的至纯欲望，
未尽的至深欲望。

执着地回溯向那太初的欲望，
那是大道之本
那是生命之根。

太初的欲望使元气从虚无孕生，

从虚无出现的生命奇迹，

从虚无出现的爱链奇迹！

爱链让我们在此聚合，

生命让我们在此聚合。

死亡不再；生命继续。

有人麻木，玩世不恭，厌倦，

有人殷实，衣食无忧，自负。

我们受苦受难的一类，永世身心俱毁。

饥饿一生，感激那丝毫的馈赠。

干渴一世，珍惜那点滴的雨露。

生生世世，永远难以平息！

我们不会忘记收到的那份信息：

一缕暗香，夜幕降临时，曲径幽深处；

隔墙送来一声吟唱，令人倾心梦幻。

游魂归来时

无论漂流何方，我们都能越过阻隔彼此聆听，
越过飓风，哪怕被撕得支离破碎。
越过怒涛，哪怕血海潮涨潮落。

我们厌倦了吗？这一切的意义何在？
所有的欢乐，所有的苦难，
皆为从虚无里拯救真生！

身体在肉欲的沉醉中软化，
身体在酷刑的恐怖前僵硬，
身体抽搐，千万年不能磨灭的痛苦。

一切酷刑，无论多么匪夷所思，终有尽时。
一切疼痛，无论多么难以忍受，终有止日。
剩下一颗心，长年滴血的一块肉……

一切生命终要再造。
一切生命终要再活。
需要经过这么多的曲折吗？

为了再活，不正是需要经历一切吗？
极度的甜蜜和极度的暴力，
极度的干渴和极度的饥饿？

大地呵，生命之谷，你为我们预备了什么？
大地呵，命运之渊，你把我们领向何方？
我们不正是永不知足的探险者吗？

啊，穿过沙漠尽头的那一掬甘泉，
攀登悬崖峭壁后采食的野果，
百兽归穴时，流浪者的篝火……

黑夜里摸索，灯笼—火把熄灭，
双腿深陷温热的泥土，头顶萤火光环，
挥手致意那飞过的群雁。

美哉曙光！草露间友情的小径，
初绽的花朵清香四溢；
隆隆震颤，大地苏醒的幻境。

游魂归来时

普照万物的阳光，多么公正！
蝴蝶把它扔在风中，花瓶把它静静收留。
新生儿的第一眼，老年人的最后一瞬间。

辽阔平原推拓开片片宝石绿的波澜，
膏腴沃土在金穗婆娑声中昏昏欲眠，
高粱麴芳四溢，松果烟香袅袅……

柳絮漫天飞舞跳跃，
山岩屹立傲视四方，
万古至理：享乐有时，受苦有时！

恶在我们面前，恶卷曲在我们体内，
容忍不能阻挡突如其来的暴力，
怜悯不能遏制止复仇的冲动。

永远向前，向暴君挑战：
放羁奔驰，纵马冲杀！
生死付诸无畏的骏骥！

这区区之体能否战胜无极？

它是否无所不能？

除了无尽摧毁还有别的出路吗？

恶之上，另有一种对决

使我们向更高的境界提升，

另一种境界，啊，那是闪光的腾飞！

神秘的境界，爱的激情

在那里，升腾的人类

突然触及高洁，触及神圣。

男人如树矗立斗火凌霜，

女人似欢快的牧场流溢滋生之泉，

强力不足以胜，唯柔情长久。

只需兰花一枝，大地便合情；

只需牡丹一朵，四季便合理；

兰花是我！我是牡丹！

你搂抱我们欲望炙热的身体，
你抚慰的双臂托起我们遍体鳞伤的身体，
你，女性，不要离开我们，不要抛弃我们。

被支撑的男人总是为有限烦恼，
女人沉醉于无限的痴迷，
圈定无限，支配无限？不可及！

除非在蜕变中升华，还有别的选择吗？
在温柔之巅人性战胜非人性；
它终于回归原始的承诺。

生命即是承诺，
承诺即是寻觅。
一切的寻觅都是相遇。

有些相遇属于唯一；
有些相遇属于至上，
它们会产生动摇，引发变形！

真正的激情渗透存在，
真正的激情荡涤存在，
唯有灵魂之气不随激情火焰熄灭。

啊，大地之谷万物滋生，
啊，大地之谷泪血流淌，
啊，大地之谷灵魂成熟。

灵魂，是啊，这个蔓延之物，
这个无从名状却呼应之物，
它超越一切阻隔在共鸣中回响。

肉性灵魂，吸收身体之精华，
入体灵魂，见证了所有生命，
寻觅的一生，灵魂从中绽现。

灵魂不可见；
灵魂不可分；
魂魂相应，感应无尽。

游魂归来时

魂魂相爱，

魂魂相诱，

魂魂相吸。

你！

你！

你！

看吧，古松盘根错节相连，

看吧，群星璀璨相交映辉，

看吧，水汽蒸腾化雾。

雾在空中化云，

云化雨水滋润大地，

大循环牵动渴望的生灵。

相聚在银河净化的引力中，

明媚的月光激发游魂寻觅的欲望，

吟唱着他们的悔恨和忧伤。

我们终将相认。不要放弃呼唤

呼唤我们的名字：你，荆轲！你，渐离！你，无比美丽

无比抚慰，春娘！春娘！

一切生命都要再来过，

再来过，焕然一新。

听，一只夜莺在歌唱！

那是神秘之夜发出的信号，大地投入苍空。

那是原始之光，成熟的麦浪泛起金波。

那是共同的呼吸，游魂相聚气息相通。

不再有居所，唯有道，

一切生命都要再来过，

再来过，焕然一新。

我是火。还记得那烛光下的摇篮曲吗？

流浪汉一无所有却具有一切。龙一凤。

我要让所有的山脊披上黎明的光环。

我是木。你，烈焰，能离开我吗？来吧！
让灰烬混入生命之液，让坠落的哀嚎化作升华之歌。
我遍体裂痕的肉体，在春风里丰润。

我是水。滋润生命之泉，那是感激的泪水！
孤苦女人一无所有却能修复一切。潮涌
浇灌干涸的欲望，一岸又一岸酣然开启。

图书在版编目（CIP）数据

游魂归来时 /（法）程抱一著；裴程译 . —北京：商务印书馆，2024（2024.11 重印）
ISBN 978-7-100-23603-4

Ⅰ.①游… Ⅱ.①程…②裴… Ⅲ.①长篇小说—法国—现代 Ⅳ.① I565.45

中国国家版本馆 CIP 数据核字（2024）第 067196 号

游魂归来时

〔法〕程抱一 著
裴程 译

商 务 印 书 馆 出 版
（北京王府井大街 36 号 邮政编码 100710）
商 务 印 书 馆 发 行
北京中科印刷有限公司印刷
ISBN 978 - 7 - 100 - 23603 - 4

2024 年 5 月第 1 版 开本 850×1168 1/32
2024 年 11 月北京第 2 次印刷 印张 3¾

定价：30.00 元